BENGALI STORIES : PART 02

(NOT FOR KIDS)

ADMIN

Contents

CHAPTER ONE

Akankhar Agun part -2 :: Valobashar 2 ta pakhi

Rat 9 tae hotel e fire elo himel and deena ..... oder jonno din ta valoi chilo besh ..onek kichu koreche tara ei 1 din e ...and tader modhdhe je gap tuku chilo ..tao onek tuku dur hoe geche akdin-ei ...

>>>>>>>

Shokal bela gosol shere ora chole jae nicher dinning room e .... okhane ekta table e wait korchilo oder bap ma ...oder dekhar pore ask kore tader kono porblem hoi ni to .. ? and dite gie 2 jon-i kamon jani lojja peye galo .... Oder mukh er dike takie himel er baba akta halka hashi dilen .... kano jani mone holo ..tini chan oder modhe ekta relation hok ..hajar holeo chachato vai bon .... and deena ke tar nijer-o besh pochondo ....Jai hok ..khabar pore deena er baba bollen oder bollen " Shuno ..amra boro ra ajke aktu kaje ber hochchi ...tomader ke amra ajke cholar moto khoroch die jachchi ..amra dupure hotel e back nao korte pari ..tomader shathe nitam ..kintu kichu problem ache ..so tomader akhon nebo na ...tomra asha kori valo hoe thakbe ..and pani te nambe na kintu ..... tomader trust korlam bolei charchi eka eka .... " . Himel and deena news ta shune besh khushi holeo sheta kauke bujte dilo na ..kintu oder ma ra oder dike takie ja bujar buje nilen ...

Jai hok ..er porer ghotona normal ...2 jon e first e sea beach e jae ... Himel chilo ekta 3 quarter pant pora ..and t-shirt .... onno dike deena chilo 3 quarter jeans er pant pora and shathe ekta shirt ... ektu chesta korlei shirt er butam er fak die or bra dekha jae ...himel ekabr shedike takie-i chokh firie nilo ..ei vebe pache jodi deena ter peye jae .. ? kintu deena thik-i ter peyeche ..and mone mone hashchilo ... jai hok ...oder hotel ta sea er akdom kache ..so walk kore-i jaoa jae ... and beach er eidik ta akdom khali thake ... ora 2 jon bali er upor die hatchilo ....norom balite chap porchilo oder payer ...

" Achcha himel ... tomar ki mone hoe ? "

" Ki bapar e ?"

" ei je amra almost 12 years theke akshathe achi ...amra ekshathe boro holam ..and amader frnd bolte gele amra nijerai ..."

" Ha ...ami to jani ..to problem kothae ekhane .. ?"

" Na ..ami bolchilam ki ..tomar ki mone hoe na ..amader r kichu ..."

Eituku shonar pore himel er heartbeat bere galo .... jore jore shash nite laglo ..bole uthlo ..

" R kichu ...ha bolo ..r kichu ki ? "

" Himel ..... I LOVE u.. and I have love u all my life ...and I want you more than any......."

kotha ta shesh korte parlo na Deena ...himel or mukha ta dhore or thot nijer thot er shathe lagie nilo ... Oder 2 jon er life e first kiss ...First ever feelings of the shiverings of love ... Himel er mone hochchilo deena er shomosto joubon or thot die chole jachche himel er vetor-e ....deena er mone hochche himel take nie jachche shorger shagor e vashie ... or kane bajte laglo shorger shongit ... chokh bondho kore fello deena ...r kishu vabte parche na ...2 hat die himel er gola jorie dhore or shompurno khomota die himel er kiss ke return korlo ...mone holo or dehe agun dhore jabe .... dunia er kono kichu te kheal nei or akhon ..shudhu mone hochche shorger theke kono ek debota neme eshe oke die jachche or akankhito shomosto shukh ... r deena onahare thaka khudarto er moto gile nichche shei shudha .... lepte ache 2 jon er thot 2 jon er shathe ... karo kono hush nei ..piche uttal shagor gorjon kore cholche shuvro dheu die ... bar bar pa vijie dichche 2 premik-premika er ... Himel hat pajkola kore dhore rekheche deena ke ..shei hat die chap die dhore rekheche deena ke nijer thot er shathe ..... himel er mone hochche prithibir shomosto shoundorjon she peye geche ei 17 bochorer meye tar maje ... himel er nishshash-proshsash khub druto hochche ...gorom nishshash.... eivabe ora kotokhkhon chilo ora jane na ...jokhon hotat ekta boro dheu eshe oder besh khanikta dhakka dilo tokhon jege uthlo ora ..Khub aste aste ora thot 2 ta alada korlo nijeder theke ...and aste aste chokh khullo ...oder chokhe roeche oporishim valobasha er tripti ... deena aste aste himel er gola theke hat shorie nie khushi te ekta laf die uhtlo ...chitkar kore uthlo ..then dourate laglo sea-beach jure ..Himel jore jore hashte hashte tara korte laglo oke ...2 jon er uchchol poritripti er hasha-hashi te prokriti porjonto kede uthlo anonde ... namlo brishti ......

2 jon jhapie porlo pani te ..ekjon arek jonke dhore khelche ...pani chitie dichche onno jon er dehe ... brishti porche guri guri ....ashe pashe tamon manush jon akta nei ..off season ..tar upore abar ei beach ta ektu dure ...tai manush thakar kothao na. Oder mone hochchilo ei chomotkar dunia

ta oder ekar ..... shagor er panite vije deena er shirt ta lepte galo or shorir er shathe ...akhon or bra ta shirt er upor theke-i sposhto dekha jachche ..... and shei shathe dekha jachche or chomotkar buk-khani ...and her well built boobs ... shei dike himel takie roilo onekkhon ...deena ekbar hashlo ...ask korlo " ki dekhcho ... " himel bollo ..."tomake" ...deena r kichu bollo na ..hashlo shudhu. aro onekkhon ora pani-te eivabe khela korlo ..ekjon arekjon ke dhore kokhono himel deena er hat dhore tanche ..kokhono abar deena pore jachche himel er shorir er upore ..eivabe onekkhon thakar pore 2 jon uthe elo pani theke .. shue porlo bali er upore ..pasha-pashi ..

Bali er upore shue thaka deena er dud guli mone hochcilo fete ber hoe ashbe vetor theke ..shirt er shathe lepte thaka oi facsanating dud 2 ta mone hochchilo thik kono pahar er chura er moto ..himel ghar ghure takie roilo shei dike .. tarpor takalo deena er mukh er dike ...deena er mukh e ak ojana shukh e choa ..or dike takie ak odvut hashi dilo deena ...himel er mane ki dhorlo jane na ..tobe jhuke boshe deena ke chumu khete laglo thot e ... bali er upor deena ek pa hatu venge himel er gola jorie dhorlo ...3 quarter jeans er vetor theke pura na holeo ..onek tai ber hoe esheche deena er shada smooth leg 2 ta.. deena ke chumu khete khete ekta pa dhorlo himel ... eivabe kichokhkhon thakar por himel uthe daralo eibar ..and hashte haste dour dilo....eibar deena or pichu pichu dourate laglo ...2 jon er shara deho bali te makha-makhi ..eivabe shuru holo deena and himel er notun prem kahini ...

erpor sharadin ora oivabe-i chilo ...market ghurlo ..... hatlo ...kotha bollo ..and shondhar shomoe shagor er kache pashapashi boshe sunset dekhlo ..deena himel er kadhe matha rekhe ..and himel deena er chul-e hat die katie dilo shara shondha ...

>>>>>>>

ei holo oder din er kahini ..... now the night is only beginning ......

CHAPTER TWO

Akankhar Agun Part-3 :: Akankhar Shonali Dana

Rater bela jokhon ora fire elo oder hotel room-e ..ora jane na oder parents ra fireche kina ..oder shedike kheal-o nei ..dui shoddo premik-premika akhon nijeder nie ato beshi moshgul je ..ora je lunch porjonto kore ni ..shetao kheal nei ...

Kheal holo hotel e ferar pore ..... oder klanto shorir venge porlo sofa er upore ..... tokhon kheal holo je 2 jon er keu-i dupure e kichu khae ni ...tar upore shara din erokom doura douri ...theye were tired and they were a big mess ...Oder shara gae bali makha makhi ...veja kapor nie ora ghura ghuri koreche ...dress er obosthao valo na .. Kalnto konthe Himel bole uthlo " I need a shower ...fresh na hoe kichu kora possible na"

"Ei je sir ...agei na ..u r not the only one who needs a shower ..and tumi valo korei jano ..ladies first. "

" Okay jaan ..jao tumi age jao ..ami wait korchi ...tobe hurry up plz ...amar thanda lagche " deena alto kore ekta chumu kheye towel nie chole gelo bathrooom e. Himel sound pelo pani porar ... then nijer shara deho sofa-e elie dilo .. shanto mone oboshonno chok duti bondho korlo ...

batroom er doroja khule gelo 3 min er modhdhe-i ..deena akhono shower shuru kore ni ... door open korar sound peye himel chokh khullo ..

“kichu lagbe ..?”

” ha lagbe ...” –bollo deena

” ki lagbe ...? amake bolo ami dichchi .. ”

” Tomake lagbe” ek nishshash e kotha ta bole fello deena ...

himel er abar heartbeat bere galo ... he couldnt blv his ears ..did deena just say ” tomake lagbe” ? hotovombo er moto himel ask korlo abar ..

” KI ?? ki lagbe ?”

” TOMAKE lagbe ...shuno ...khamakha bathroom er jonno wait korar dorkar ki .. ? amra to ekshathe shower korlei pari ... shower ta-o besh boro and ta theke pani ja pore amader 2 jon er ekshathe whoer kora hoye jabe ...”

Deena nijeo bishshash korte parlo na o ki bolche ...kintu eituku jane je she is listening to her instinct ..and she can no more listen to reasons anymore ....

Himel r kichu bolte parlo na ...ekta hashi die uthe porlo sofa theke ..and towel nie dhuke porlo bathroom e ... dhuke doroja ta close kore dilo ...

“Shuno...” deena bollo ..” tumi amar dike takabe na ..ami tomar dike takabo na ..amra akjon arekjon er dike pith die gosol korbo ..... and remember NO Sneaking ” bolei deena heshe dilo ...Himel jane eishob-i khela ...oder modhdhe akhon lukano er kichu-i nei ..tarporeo ei khela khelte raji holo himel ..

2 jon 2 jon er dike pith die daralo ...deena khulte shuru korlo nijer pant ...and shirt..jhop kore she-gulo bathroom

er floor e porlo ..himel dekhlo or payer kache deena er shob dress pore ache ..tar mane panty and bra chara deena-er porone akhon kichu nei ..himel shudhu mukh ghurie takalei dekhte pabe or shob shoundorjo ...kintu o takalo na ..odommo koutuhol take domie rakhlo ...Kintu or heartbeat onek onek bere gelo ...

"hello sir ...apni ki amake dekhchen naki .. ? edike takabe na akdom ..."

himel kono more bollo .."dekhchi na" .. .now himel or pant khule fello ..or porone roilo just ekta underpant ..2 jon 2 jon er dike pith thekie darie ache ..shower er call ta deena er side e thakar koaron e o shower on korlo ..pani pora shuru korlo oder upore ... dhue dite laglo oder dehe lege thaka shomosto bali ... 2 jon-i akdom chup hoe ache ...total bathroom e pani er sound chara r kono sound nei ....

"Ei shuno..." Deena bollo .... " ekta jhamela hoe gelo to ..."

" Ki jhamela ? " mukh onno dike ghurie-i ask korlo himel ..

" amar pith e soap makhbe ke .. ? ami to hat ghurie korte pari ..but bapar ta tough hoe jae .... ami boli ki ...tumi jokhon acho then ato kostho korar dorkar ki ...? after all je amount er bali lege ache ... keu akjon help korle khub valo hoe "

" but sheta to amader kotha er baire hoe gelo ..kotha chilo akjon arekjon er dike pith die thakbo ...?

" Well ..amra akhono akjon arekjon er dike takabo na ....tumi amar pithe soap malish korcho ..mar buke to r na ... " — kotha ta bolei deena khik kore heshe dilo ...

" Ok ..tumi jokhon bolcho ..." –heartbeat faster hoe gelo himel er ..uttejona e chorom stage e pouche geche o ...

So ...ektu pore himel ke deena bollo shaban ta dite ...Himel hat barie mukh na ghurie-i shaban ta piche pass korlo. Deena first-e nijer front side e shaban makhlo ..front side includes her neck ...breast ...her belly ..her legs etc .... or buk e lege thaka shaban shower er pani te dhue gorie porchilo or bra er vetor e ...bra er vetor er oishshorik oi ston 2 ta te... ektu pore shaban ta piche pass korlo deena ...himel hat barie nilo ..Deena bollo .." eibar aste aste amar dike ghuro and amar pithe shaban mekhe dao ..."

himel was speechless .... or hat kapchilo ...pa kapchilo ...konomote shaban nie ghurlo deena er dike ...wow ..my goodness ...ki oporup pith deena er ...ki smooth skin ..mone hoe chete kheye felte ... and .. or nitombo er pechonta ...or shogothito pa dukhani .... shower er pani te or chul guli chorie chilo or kadh chue gola bora bor shamner dike ... pith ta pura ta dekha jachche ..shudhu majhkhane bra er fita ta ache ....Himel age nijer hate shaban mekhe kapa kapa hate nijer hat die malish korte laglo deena er pith ...

Deena chomke ektu kepe uthlo .... wow ..what a touch ... chomke uthlo himel-o ..deena er skin gorom hoe ache ..jano oke chaiche mone pran-e ...Himel aste aste malish korte laglo or pith ...dhue dite laglo shob bali ...

or sporsho amake pagol kore debe ..ami aro chai ...ami parbo na ei sporsho chara thakte ..ami chai ..ami oke chai ..o amar ..shudhu amar ..ar karo hote pare na ... deena chokh bondho kore vabchilo ... r parlo na mukh ghurie rakhte ... matha nichu kore ghurte laglo himel er dike ...aste aste pura ghurlo ..and then aste aste matha ta uchu korlo ...mukha mukhi holo himel er ...2 premik er chokh er milon holo shei rate ..for the first time in this bathroom .... Kichu buje uthar agei himel oke jorie dhore or thote nijer thot theshe dhorlo ...2 jon-i chokh bondho kore roilo ... ora jane na er modhe koto mohakal peri geche ....oder kane dhada-er moto beje cholche shower er pani er sound ...and nijeder dehe er uttap-e ora nijeder warm kore rakhche ... oder thot er shathe thot ..naker shate nak and dehe er shathe deho lepte ache ... onekkhon pore 2 jon chokh khullo ...badhon theke mukto hoe deena bollo ..."ekhane na ... age shower shesh kore nei ... tumi oidike gie ghure darie thako ..ami shower shesh kore ber hobar pore tumi thik moto shower kore ber hou ..ami tomar jonno wait korchi ..."

" okay jaan ..ur wish is my command ..and i will even sacrifice my life to keep ur wish, my lovely queen .." hashte hashte bollo himel ..kintu or golar tone e chilo obak ak valobasha ...3 years er jome thaka valobasha ...tile tile gore utha valobasha ....

"tomar jaan chai na ..tomar mon chai ... and apatoto koekta min sacrifice koro bathroom er oi corner e gie " heshe bollo deena

"okaaaaaaaaaaaay"

So ..5 min er modhde deena shower shesh kore bra and panty khule towel pechie ber hoe elo bathroom theke ... tarpor himel eka eka darie roilo bathroom e ...

CHAPTER THREE

Akankhar Agun Part - 4 :: Valobashar ek Sritimoe rat : Phase :: 1

Himel johon gosol shesh korlo ...akta half pant pore ber holo bathroom theke ...... dekhlo deena or bichana er upore boshe ache ... just ekta towel pechano or shorir e ..nothin else ... Himel ke dekhe bole uhtlo ..” Moshai er atokhkhon laglo ..? ami kokhon theke boshe achi ..”

“Mohamanno rani er kache ashbo ..kichu preparation na nie to ashte pari na ” dushtu akta hashi die bole uthlo himel ... aste aste egie gelo deena er dike ...boshlo deena er pashe ...Deena ke oshomvob shundor lagchilo ...or ei innocent ekta face ...mone hoe universe er shob komolota die or face ke toiri kora hoeche ... or chomotkar shugothito deho ..or skin ..or legs ... or hair ...or shada shuvri dat... or vubon vulano hashi ..shob kichu ...protita jinish pagol kore debar moto ...himel dan hate deena ke dhore aste kore ektu ghurie nilo nijer dike ... deena er-i modhdhe chokh bondho kore feleche ....himel alto kore thot chualo deena er thot e ...and aste aste chap dite laglo ... 2 lover er thot shete boshlo abar ... himel deena er buker upor er part e dan hat rekhe kiss kore jachche ...and deena or dan hat die gola dhore rekheche himel er ... deena mukh ta ektu fak korlo ..and or mukh er vetor theke ber hoe elo or jiv ..shoja dhuke gelo himel er mukh er vetor e ...himel porom shukhe or jiv die deena er jiv ke shagotom korte laglo ...pagol er moto khachche 2 jon 2 jon ke ... himel or jiv prosharito kore deena er mukhe e dhukie dilo ..joto vetor e jae ..chat-te laglo vetor er shob kichu... ki jano khujche himel ..amon vabe shob kichu chatche she ....and deena or jiv die jevabe parche shukh die jachche ei manushtike ..jake she valobashe ... pagol er moto valobashe ...

Ektu pore ora mukto holo kiss theke ... Himel tule nilo deena er dan hat khani ... or angul guli mukhe nie chat-te laglo ..akta akta kore 5 ta angul chete dilo ...then deena ke aste aste shui-e dilo... deena shomosto deho chere die shue porlo ..Kamonar agun or chokh-e jolche ...nirob ek innocence kaj korche shei agun e ...e ak advut feelings ...deena parbe na kauke bujhate ...shudhu akjon manush parbe oke bujhte akhon ...

Himel prothome deena er kopal e chumu khelo alto vabe ..then arektu jore vejalo ekta chumu khelo ..aste aste niche namte laglo ... chumu khelo or chokh 2 tae ..then nake ... or nak ta mukh er vetor nie chat-te laglo ..then or thot er uporivag chatlo ..then chatlo or thot ... then abar chumu khelo thot e ...deena-o jiv bar kore dieche ...shei jiv ta-ke lollipop er moto chushe khelo kichukhkhon ...then niche namte laglo abar ...or chin-e, golar niche mukh lagie chumu khelo onekkhon ...jiv die vijie dilo ... then aro niche namte laglo ..or buker uporivag ...jekhantae towel nei ..shekhan eo chumu khete laglo and vijie dite laglo jiv die ..then himel aste aste uth-te shuru korlo or bam ston er dike ..ekhane eshe she ekta badha pelo ......Towel..

Deena er pith er pechon e hat die towel khular chesta korlo himel ..Deena pith ta uchu kore help korlo oke ... gith khule elo towel er ...aste aste open hochche vetor er omullo shompod ... khule fello towel ta pura puri ..ber hoe elo himel er dekha shob theke shundor 2 ta jinish ... ato shundor and ato shugothito dud age konodin dekhe ni himel ...bokar moto takie roilo 15 sec...

"Ki ..Pochondo hoe ? " muchki ekta hashi die ask korlo deena ...

"Amar rani ..tumi akhon-i bujbe koto ta pochondo hoeyeche tomar ei upohar .." mugdho noyone uttor dilo himel ..

Himel abar upor theke shuru korlo chumu khaoa ...ebar kan ... onek khon deena er kan chatlo o ...jiv die vijie dilo or kan ...or kopal ..or gal ..or gola ...abar chumu khete khete niche namte laglo ...bam ston er kache eshe niche namte laglo [[horizontally]] and or mukh upore uthte laglo [[vertically ..dud er upore uthche]] akhon r kono badha nei ... each smack e kheye felte chaiche or dud .. uthche aro ..jei na himel deena er dud er bota er kache reach korlo ..shishu er moto mukh die chushte laglo ...chat-te laglo pagol er moto ...deena er bota ta shokto hoe ache akdom ..uttejonae shekhan theke halka halka rosh ber hochche ...himel shob ..shob tuku kheye nichche ...

Oidike Deena er dud e himel er jiv laga matroi deena kepe uthlo ...E kamon ojana shukh .. ? ei odvut shukh er kotha kolpona-o korte pare ni deena konodin .... chokh bondho kore nijeke vashie dilo ei shukh er shathe ...pith bakie khamche dhorlo bed cover ... chitkar kore uthlo .." Himel ..amake khao ..plzzzz amake khao ..HIMEL ..EAT me ... amake mere felo ..shob kheye falo ..kamor dao ..HIMEL kill me himel ..kill me .."

Himel pagol er moto deena er bam dud kheye jachche ....kintu dan dud ta-ke-o neglect kore ni ...or dan hat die dan dud ta-ke messege kore dichche ....nipples ta-ke chap dichche ...tanche ....khela korche jevabe parche .... ektu pore bam dud khaoa bondho kore dan dud khaoa shuru korlo ..and eibar bam hat die bam dud nie khelte laglo ...and dan hat chole gelo deena er thot-e ... Or opurbo shundor thot 2 ta hatie hatie dekhche o ...Deena jiv bre kore chat-te laglo or finger ...himel deena er mukh er vetor or finger dhukie dilo .... Deena chokh bondho kore chat-te laglo himel er lomba shundor finger guli .... 17 bochorer er meye ....vora joubon tar ... upche pora ei akankhar agun ke himel aro barie dichche ..shei shathe shathe oke dichche jibon-e beche thakar notun ek upohar ....

eivabe kotokhkhon himel deena er dud khelo jane na ...kintu onekkhon pore jokhon deena chokh khullo and himel er matha-e aste kore hat bulie dilo ...himel er sense fire ashlo ... dud khaoa bondho kore ekbar mukh tullo upore ... dekhlo deena er opurbo hashi makha mukh ti ...jei mukh e lege ache himel er jiv er choa ...lege ache or chumbon ... himel ajke deena ke protisruti dieche ..or dehe er kono ongsho she baki rakhbe na ...deena er dehe er ekta kona-o baki thakbe na jekhane himel er mukh er sporsho pore ni ... Himel tar kotha rakhche ...thik motoi rakhche ...

Jai hok ..dud khaoa shesh kore himel abar upore uthe elo ... Deena er hashi makha thot chete dilo abar jiv die ...chatlo or teeth-guli ...2 hat die mon er shukhe hatalo or gal ... she shomoe himel er mone hochchilo ..gal to noe ..kono shorgio shudha grohon korche himel or hat die ...deena er mone hochchilo kono greek debota morte neme eshe oke ador korche ...himel shob jane ..himel thik thik jane deena ki chae, or deho ki chae .. thik jevabe jevabe deena er valo lage himel shevabe-i oke kheye jachche ... shudhu tai noe ..deena jevabe chintao korte pare ni ...she shob kaj-o korche himel and deena obak hochche ...erokom shukh she age chintao kore ni ....

"Himel ...amake shotti kore bolo to ..tumi age koejon ke chudecho .. ? ba koe jon er shathe sex korecho ? " deena ektu kapa kapa golae ask korlo ...

" Kano jaan ..tomar ki mone hoe .. ? ami eirokom ..? amra na 12 years theke ekshthe achi ..sherokom kichu hole tumi nishchoi jante ..or ter pete .." sposhto, didhahin konthe bollo Himel ....

"tahole amake bolo .. tumi ato valo vabe amake ki kore shukh dichcho .. ? meye der ki valo lage ..kothae ador korle tara pagol hoe ..tumi shob kivabe jano ?

"tomar proti amar valobasha-i amake shikhieche .....Deena ..ami tomake aj theke noe ..onek age thekei chai ..ami tomake amar mon er moto kore cheyechi ..amar moner moto kore tomake ador korechi amar vabnae ....tumi amar ..shudhu amar ..shei karon e amar vabnar moto ador tomake ato shukh dichche ...."

Ei kotha shunar pore r kono shondeho thaklo na deena er ...himel er konthe amon ek abeg chilo ja or shara dehe arekta shihoron tule dilo ... Konomote bole uthlo ..." amake khao, tiger"

Himel eibar shuru korlo abar ... or chul guli alto kore dhore muthi korlo ...then chumu khete laglo or kopale ..thot e ..nake ... chin ta ektu uchu kore alto kore chumu dilo ...buk e chumu dite laglo ...Uttejonae gorom hoe ache deena er buk ...Ahhhhh ..she ki poroma shanti shei buk e ... Tripti er shudhae pagol kore dae o buk-e jar access ache , thik jevabe akhon himel pagol hochche .. Jai hok ...himel eibar bam or dan kono ston er dike galo na ..O symmetrical bora bor cholte laglo ...2 dud er majkhan die buk chat-te laglo ...WOW ...oi khad / valley arek jinish ...Deena kichu buje uthar age-i himel or 2 dud er majkhane nijer nak-mukh guje die valley-ta chat-te laglo .... Oooh ..ki je shukh tate ...kono mishti noe ..jhal noe ..ki jano ak onuvuti himel er jiv ke ummad kore dichche ... Deena kokie uhtlo ei akoshshik notun ak ador er anonde ..chokh bondho kore mukh side korlo she ...bed cover ta khamche dhorlo aro jore. Room er ac full speed e on kora ...tao gorom e gheme jachche deena ..gheme jachche deena er buk ..and shei gham chete nichce himel ...her tiger ...tiger of her body and mind ...

Ektu pore Himel Uthlo dud er valley theke and namte laglo aro niche ... Atokhkhon akbar-o she oi part er dike jae ni ...abar jachche ..FOR the first time in his life he is going to hv access in the darkest part of a woman ..and for the first time in Deena's life ...she is going to hv a male touch in her most sensitive part .....

CHAPTER FOUR

Akankhar Agun Part -4 : Valobashar ek Sritimoe rat : Phase :: 2

Himel niche neme jachche ....akhon she deena er komor er kache ..... himel er mukh er kache akhon deena er pet ..aaahhh ..kotobar deena shari poreche ..and shari er fak die deena er ei pet dekhe fantasy te vugeche himel ..khecheche koto bar ... just or ei pet nie ..akhon shekhane himel pabe obadh access ..... thik jano a child in a candy store ...thik shevabe deena or pet ke grasp korte laglo ...gilte laglo udvranter moto ...chat-te laglo or navi ...kamor dite laglo ....dat boshie dilo or pete, chumu dite laglo shoshobde, deena osthir hoe uthlo ..chitkar kore uthlo "HIMEL ..OI LITTLE DEMON ..EAT ME ... EAT ME". Himel deena er protita adesh palon korlo okhkhore okhkhore. Jogot er shukh die or pet *Puja* korlo himel... and akhon or aro niche namar pala ....

Himel kintu atokhkhone AKBAR-O takae ni deena er gud er dike ... kintu akhon himel er chokh thik or gid borabor ..age konodin kono meye er gud dekhe ni shamna-shamni ..kintu tar poreo or mone holo, arokom gud dunia te birol [[dear readers ...apnara kolpona koren deena er gud asholei amader shobar dekha gud er modhdhe best, moja paiben]] halka mendi color er koek-gocha chul aral korar cheshta korche or oi onindo shundor vagina lips 2 take ..kintu deena er prothom uttejona theke ber hoya rosh e chul guli lepte ache, ummukto hoye ache or lips 2 ta. ahhhh ... ki shei vagina, shundor shape kora and aste kore vetor e dhuke geche, vije ache deena er vetor er rosh e. Himel nijer mukhe aste kore bole uthlo " Opurbo....shotti Opurbo". Deena bollo " Shob tomar jonno jan ...bishsash koro, tomar jonno ami eikhan ta ato shundor kore shajie rekhechi aj 3 ta bochor theke, mendi diechi chul guli er color korar jonno ... bolo jaan tumi like korecho ?" ...

"Ami mone hoe whole dunia er shob theke rich man holeo ato shukhi hotam na, amar mishti jaan ...tumi amar shob ...tomar ei shob jinish ..aj theke eiguli amar shompod ..bolo tumi konodin onno kauke debe na ? ami shob khane amar signature die rakhbo ..amar valobasha er signature .." bollo himel

"Dao ..dao jaan ..dao tomar valobasha er signature ..ami kangaler moto opekhkhae achi ..dao tumi ..kano deri korcho ? amar vagina tomake chaiche .... tomar thot er sporsho chaiche" udvranto er moto bollo deena..

And there it was .... Deena er vagina lips e kono manush er prothom chumbon ...and for himel or jibon er prothom shorgio shudha grohon. Himel prothome khub alto kore chumu khelo vagina lips 2 tae ..shukna thot e eivabe alto chumu khelo 6 bar, erpor nijer thot ta ektu vijie nie abar chumu khelo ..abar r alto vabe noe ..ager theke jore ..and each kiss with longer time ... proti kiss e himel vijie dichcilo deena er voda ta-ke. eivabe aro koekbar kiss korlo ..Erpor korlo Khub jore kiss. tarpor aste kore nijer jib ta dhukie dilo vetor e ..chat-te laglo vetor er deal take ...khub jore noe ..aste aste ...Jiv er shathe ber hoe elo vetor er rosh ..shudha... Deena kokie uthlo abar ..bollo ..”plzzzz himel ..khao ..shob khao ..ber kore kore khao...plz khao”

Himel erpor lips guli er perpendicularly kiss korte shuru korlo ..and ebar she chat-te laglo kichu ta wild vabe ... then jore jore ...jiv take joto-tuku vetor e pare dhukie die chete jachce himel ..Deena osthir kobutor er moto chot fotachche ... gongachche ... himel chete jachche niboshto mone ..jano ki ekta khuje berachche oi voda er vetor e .. akdom vetor e chat-te thaklo himel chokh bondho kore, dunia er konodike oder hush nei, dat die kamre jachche she vagina lips 2 ta ..kintu shei shathe chete jachce vetor ta, deena ekta whore er moto chitkar korte laglo ...this is her first time sex ..shei hishebe ei shukh or jonno otirikto ...deena kokie uthlo ..” thamo plzzz ..jaaan plzz thamo ... ami r parchi na ... amake mere felcho tumi”

“ami thambo na lokkhi ..eshob amar....ami jani tomar valo lagche ..and ami tomake ei valo laga theke bonchito korte parbo na, amake thamte bolo na plzz”

So cholte laglo eivabe ..er modhdhe deena rosh e uttejona er 2nd part rosh-e vijie feleche voda ...ber hoe asha rosh shob-tai chete pute kheye nilo himel. Jano konodin e-rokom kono shorbot she khae ni . Bakul hoe uthlo himel aro pabar jonno ...Osthir hoe chat-te laglo ..Deena er uttejona barte laglo ..anytime she may come now .. deena chitkar korche jore jore ..bed cover ta khamche dhore khule felte chaiche ...himel er mukh nie Shojore chap dichche nijer voda er upore ... 2 jon eri chokh bondho. Ektu pore vor vor kore berie elo deena er final and shob theke ghono rosh tuku ...shob theke shojotne rakha, shob theke vetor er and shob theke shudha-moe roshtuku. Odvut ek madokotamoe gondho chorie porlo himel er nake ...por muhurtei or jiv e sporsho korlo ak omrito ... deena er final rosh, kangal er moto himel shob tuku kheye nilo, vetor e jiv dhuke chete nilo ...finger dhukie ber kore anlo chite fota ja pae ..... finally takalo deena er dike... chomotkar oi mukh-khani te chorie poreche ak tripti er hashi ... tarpore deena er voda er upore matha rekhe shue roilo Himel ....

CHAPTER FIVE

Akankhar Agun Part -5 : Agun er Poroshmoni

Kotokhkhon evabe chilo jane na himel ... notun er shukh er shondhan peye o moho bishto hoye giechilo... ektu shamne theke veshe ashche shagor er bistirno gorjon ... shob mileie himel chole giechilo ak shopner rajje ...veshe cholchilo tar valobasha-er ei oporupa nari ti-r shathe dur kono ak mehg er deshe .... aste aste abar himel fire aslo bastob jogote ... khub dhire dhire deena er pussy theke matha tule daklo deena ke " Deena ... Jaan ..my lokhkhi jaan ..." . Kintu kono shara ashlo na deena er theke. Ashole hoyeche ki, erokom oparthib shukh deena er jibon e ei prothom, and shetao she pachchilo tar shob theke valobasha er manush tir kach theke, ei shob milie or final erection er pore almost sensless hoye pore. Himel abaro daklo " Deena, kichu bolo plz, lokhkhi ti ..plz kichu bolo". Ebar deena aste aste chokh mele takalo ..oenkta ghum jorano adure konthe bole uthlo " You r my tiger and i love you." eituku bole deena ektu hashlo ... Ektu pore abar bollo "Ei ..amar khub tired lagche ..norte parchi na almost"

"Kono kheal ache je ajke amra shokaler por theke akhon porjonto na khaoa ? tar upore abar eto boro dhokol .." dushtu ekta hashi nie bollo himel

"Kintu tomake chere je uth-te ichcha korche na amar, mone hochche tomake nie sharadin,shara-rat shue thaki ...atokhkhon shudhu tumi-i amake shukh dile..amake ektu shujog dao amar valobasha dekhano er " oshomvob abeg nie kotha guli bollo deena.

Himel uthe deena er thot e chumu kheye bollo "Hobe jaan ..shob hobe ..age kichu kheye nei cholo ... tumi dress pore nao..ami khabar order dichchi"

20 min pore dkeha gelo waiter eshe oder room e dinner die gelo. Ei fake deena and himel 2 jon-i kichu-ta fresh hoye dree pore nieche. Himel pore chilo akta full pant with a short t-shirt. Deena pore chilo ekta jeans and hata kata ekta t-shirt. Chomotkar lagchilo deena ke. Or face e chilo ek diptimoy abha, ja chilo ak shopnil valobasha er protik. Jai hok, sofa te 2 jon boshe tv dekhte dekhte khachchilo oder dinner. Deena boshe ache himel er ga gheshe. Himel deena er Kadh er pechon die hat die oke dhore rekheche nijer kache and deena himel er buker kache matha rekhe tv dekhche r khachche ektu age die jaoa fresh chiken fry tuku. TV er remote ta chilo himel er hate. Kono channel e dekhar kichu na peye bar bar channel change korchilo. Amon shomoy hotat kore hbo te 'The Ghost' movie er ekta scene e eshe atke gelo or hat. Deemi Moore and Patrick Swayze er romance scene tuku. Himel change korte jachchilo dekhe deena aste kore or hate ektu chap dilo. "Choluk na...change koro na plzz" oshohae ek adure konthe bollo deena. Himel er modhdhe ek shihoron boye gelo....or mone hote laglo .."I possess her ..Ei chomotkar meye ta amar ..shudhu-i amar..." dan hat die deena ke arektu kache tan die remote ta rekhe dilo ...Cholte laglo Patrick and deemi er love scene, background e bajte laglo Unchained melody, amon ekti gan, ja je kono lover er chokh die shukh ba dukh er osru nie ashbe...

"I love u deena, i love u more than anyting else in this universe and ami tomake chara ek minute-o thakte parbo na, tumi amar shb kere niecho, pagol korecho tumi amake, aj theke ami r ami nei, amar ostitto tomar shathe jure geche, tomake chara amar ei ostitto orthohin, jotodin tumi thakbe totodin ami thakbo" govir valobasha er shathe kotha gulli bollo himel, deena er matha-e matha rekhe, tv te cholche demi and patrick er love scene..

"And himel, ami valobashi tomake ..amar shomosto ontor-atta die tomake ami valobeshe-chi, amar ei dehe jotodin pran thake totodin and ami mara jabar pore onontokal shudhu tomake-i valobashbo ami himel. Jotodin ami achi, I promise u, amar dehe tomar chumbon-er sporsho boye berabo sharajibon, dehe thakbe shudhu tomar nam...r karo noe.." aki rokom abeg er shathe uttor dilo deena

"And ami jotodin beche thaki, I promise u, amar thot e, amar hate, amar dehe shudhu tomar sporsho lege thakbe, r karo noe, karo na." bolte bolte chumu khelo deena er thot e. 2 jon er chokh thekei gorie porche osru...valobasha er osru, anondo-er osru, commitment er osru.

Demi moore and Patrick Swayze er romance scene tokhono cholche. Er modhdhe oder dinner shesh. 2 jon boshe boshe movie dekhche. je vabe ora boshe chilo tokhon, akhono shei ak-i vabe boshe ache. Hotat deena aste aste himel er pant er dike hat baralo. Upor die khujte laglo or purushango take. Himel khushi mone arektu relaxed hoye boshlo Sofa er upore. Er modhdhe deena himel er chain khule feleche. Himel kono underpant pore ni, Normal shomoe tamon ekta pore-o na, r akhon to porar proshnoi ashe na. So chain khular shathe shathe ber hoye elo Deena er dream machine ......

"Ki shundor tomar jontro ta, iish .." bacha ekta meye er moto kore bollo deena. Himel ektu hashlo shudhu or dike takie. O akhon uttejito, For the first time in his life, or grown up penis e kono meye er hat porlo, and shei hat r onno karo noe ..or valobasha and akankha er manush–Deena er. Himel kono mote shudhu akbar Ahh kore uthlo. Or almost 6 inch penis ta akhon akdom shokto hoye ache...fule utheche penis er uporer cap ta, golapi cap, smooth skin er cap. Deena mugdho noyone takie ache oi dike.

"Kano dao ni amake ei jinish aro age ? ami koto bakul chilam shob pabar jonno, ato shudor kano tomar dick ta ? " deena bollo... Left hand die khub shundor kore messege kore jachche himel er penis ta-ke. Upor theke niche, nich theke upore, kokhono ba ghurie ghurie messege kore dichche deena. Obstacle mone hoa-te ektu pore deena himel er pura pant ta tene namie fello, khule fello pa theke. Tarpor abar boshe shuru korlo messge kora. Bad rakhche na kono vabe. jevabe parche messege korche. Kokhono testicles guli hate nie halka chap dichche, Kokhono or nunu er maal ber hobar pothe finger die chap die halka halka rosh ber kore nichche. Kichu pele sheta jiv die chete niche tripti shohokare. Himel chokh bondho kore, hat pa chorie sofa-te relaxed hoye pore ache. Kono dike or hush nei.

Onek-khon messege korar pore deena r parlo na nijer thot 2 ta-ke dhore rakhte. Sofa theke neme elo she, hatu gere boshe porlo carpet bichano floor e, dan hate himel er penis ta ke dhore akdom kach theke dekhte laglo khutie khutie, gondho shuklo, tarpor bacha-ra jevabe ice-cream khae thik shevabe jiv ber kore ekta chaton dilo or penis ta-ke. Himel er shara deho kepe uthlo akbar. Sheta ter peye deena bollo "Ki jaan...ice-cream khete debe na amae ?"

"khaaaaaao, ami kichchu jani na, ami shudhu jani eta tomar

and tumi chara onno keu KONODIN ekhane access pabe na. " kokano konthe himel bollo ..

Jiv er doga die Deena abaro ekbar chatlo ice-cream khabar moto kore, 3rd time Khub dhire dhire, or balls er kach theke chat-te chat-te upore uthlo or jiv er doga, chatlo or cap take, vijie dilo or penis er nicher ei pash take. cap ta chata shesh hote-i deena er thot 2 ta fak holo and aste aste tar vetor e dhukte laglo himel er 6 inch ei dhon ti. First e dhuklo cap tuku, Deena er roshalo omrito makha thot er vetor dhukte dhukte himel kepe uthchilo ... or tol pet theke ek shihoron boye jete laglo shara dehe. Aste aste deena gilte laglo himel er pura penis, 4 inch khabar pore abar ber korte laglo, then abar dhukalo. ki jano ekta khuje jachche deena or oi penis er majhe, or mone hochche this is a new discovery, tai explore kore dekhche bar bar, Prothom bar jevabe chushlo ..2nd time tar theke valo kore ..3rd time aro vole kore chushte laglo .. Deena er mukh dhukche r ber hochche, ber hochche r dhukche. Jokhon deena er mukh dhukte thake, deena khub shundor kore or jiv die shagotom janae or priotomo-er nunu take, akdinke thot er sporsho and vetor dike jiv er chatuni. Himel pagol hoye jachchilo ... Or ojantei or dhon er vetor theke ber hoe alo halka kichu rosh, ja khub uttejito oboshtae shobra-i ber hoe. Deena buvukhkh-o er moto kore shob tuku rosh chete pute khelo. Or rosh ber hobar rasta er vetor jor kore jiv ta dhuke aro pete chailo deena. Dan hat die himel er testicles guli messege korche, chap dichche, ghurachche, and mukh die kheye jachche or dhon take. bam hat die dhore rekheche dhon er gora, Jokhon or mukh ta uthe ashe cap er kache tokhon bam hat ta uthe ashe upore. Aki shathe mukh and hat die messege kore jachche or dhon take. Kokhono shoja vabe, kokhono ba Ghurie ghurie messege korche. Kokhono ba ber kore icecream er moto chete jachche. ektu pore deena or hat himel er jama er vetor dhukie hata-te laglo. dan hat die himel er jiv sporsho korlo, finger guli dhukie dilo himel er mukh er vetor,bam hat nie elo abar testicles er kache. Himel er shundor clean kora nunu ghor, khub choto choto chul e vore ache. Mone hoe koekdin agei clean koreche. Mukh theke dhon ta ber kore deena ebar chatlo dhon er uporer part tuku, or tol pet. chat-te chat-te shundor round kore deena er jiv ta abar chole elo or testicles er kache. 2 ta testicles-i akbare mukh e pure fello deena. Onek-khon mukh e nie thaklo oi dui ta ke. Nijer jiv die ichcha moto vijie jachche, ghurachche, halka halka chap dichche, Dat die kamor dichche olpo olpo. Pura ta shomoe 2 hat die messege choleche or shokto hoe thaka dick tar upore. Himel er fule utha cap e bar bar chap die hat bulachchilo deena. testicles khaoa shesh kore abar mukhe porlo oi cap.

"Himel, amake tomar rosh dao. ...shobtuku dao, ami khabo .... plz amake bondhito koro na, ami tomake amar ta diechi, tumi amake bonchito koro na" probol minoti er shure bole uthlo deena.

"Korbo na, tomake bonchito korbo na, khao amar rosh...shob tomake dibo, shob ta kheyo, nosto hote dio na kichu" aki rokom abege e bole uthlo himel

So, cholte laglo deena er dhon chusha, Himel er modhdhe pura osthir hoe utheche, Sofa er kapor khamche dhore aaaah, uuuh shuru koreche, Deena chokh bondho kore khub jore jore or dhon suck kore jachche, upor theke niche, nich theke upore, bam hat die ghurie ghurie, kokhon dat die kamor dichche " KAMRE KHEYE FALO amar cap ta, khao deena „,khao shob" chitkar kore uthlo himel. Deena ummotto pagol er moto himel er 2 pa fak kore shomane chushe jachche or dick ta ke. Uttejonae gorom hoye ache himel er dick, shokto hoe fete jete chaiche, oi dike deena er buk vije geche, vije geche or Salowar kamiz, fule utheche or dud 2 ta, t-shirt er fak die sposhto bujha jachche or shokto hoe utha nipples 2 ta. Ummotto deena bam hat die himel er dhon ta ke tene nicher dike namalo and thot ar jiv die khub jore ekbar chush dilo. Shojjo korte parlo na himel r... Deena feel korlo Himel er erection er prothom fota rosh ta-ke. Ahhhh ..ki ghono, pichla shei rosh, ki shudha, ki omrito, himel er oi futa die akdom jiv ta dhukie debar try korlo oi rosh tuku khabar jonno. matro adha second er modhdhe-i vor vor kore ber hote shuru korlo himel er shomosto rosh tuku. Mukh er vetor e thakleo deena bujte parlo ki speed e ber hochche himel er sperm guli. Trishnarto Moru pothik er moto gile khachche deena himel er shob rosh tuku, Protita erection er dhakka er shathe-i kepe uthche himel er deho probol vabe, or tol pete tan pore dhonuk er moto beke gelo pith, then abar, then abar...koek dhape erection holo or, Deena ummm..ammm shobdo korte korte shob kheye nichche, or mukh vore geche himel er maal e, mukh er vetor theke thot beye porte jachcilo 2/3 fota, Shetao deena gile fello gograse. Himel akhono kapche. Purano dhakkie dhakkie chola engine jamon ekta ekta strok dae..shevabe or erection hocchilo ....finally shesh ekta erection die theme galo or shob kapuni....shesh fota maal tuku-o pore geche or.

Deena jokhon mukh theke ber korlo himel er dhon ta-ke ...tokhon or shara mukh er vetor-e and baire maal er chora chori, himel er dhon e tokhono maal lege ache. Nijer mukhe lege thaka himel er maal tuki chete pute khaoa shesh kore abar-o suck kora shuru korlo lege thaka oboshishtho maal tuku khabar jonno. Premik ke protisruti diechilo, ekta fotao noshto hote debe na eibar. Shei protisruti rokhkha korar jonno abar chat-te laglo, koekbar nijer bam hat and dan hat die himel er maal makha dhon messege korlo, tarpor nijer hat e lege thaka himel er maal tuku chete khelo. Shob khaoa sheshe shontushti chitte himel er chokh er dike takie ekta hashi dilo, or mukh-e tokhon himel er maal er choa. R himel er chokh e oporishim shanti er dirgho nishshash boye gelo shudhu .....

9 798887 497532

Printed by Libri Plureos GmbH in Hamburg,
Germany